¡LAS FOTOS FALLIDAS!

¡EH, chicos! ¿Cuál de estos fracasos les han pasado a USTEDES?

PELO HORRIBLE

PIEL HORRIBLE

TODO HORRIBLE

SONRISA FORZADA

¡DIBÚJATE!

NARIZ MOCOSA

OJOS CERRADOS

VESTUARIO INADECUADO

¡TE HAS MOVIDO!

NATE EL GRANDE
EL GRANDE

AL REVÉS

Lincoln Peirce
NATE EL GRANDE
AL REVÉS

RBA LECTORUM

NATE EL GRANDE
AL REVÉS

Originally published in English under the title
BIG NATE FLIPS OUT
Author: Lincoln Peirce

Text and illustrations copyright©2013 by United Feature Syndicate, Inc
Translation copyright©2015 by Mireia Rué
Spanish edition copyright©2015 by RBA LIBROS, S.A.

U.S.A. Edition

Lectorum ISBN 978-1-93-303298-6

Printed in Spain

10 9 8 7 6 5 4 3 2 1

Para Nate y Al

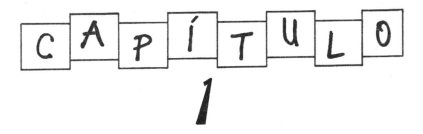

CAPÍTULO 1

—Eres un cerdo.

Al volverme, veo a Francis sacudiendo la cabeza, asqueado.

Levanta la mirada con exasperación.

—No, le estaba hablando a la fuente —me dice. Luego murmura algo sobre «el chico más desordenado de la escuela».

Bueno, les refrescaré la memoria: estoy en secundaria, Francis es mi mejor amigo y, sí, soy un poco desordenado. ¿Y qué?

Francis levanta la libreta dispuesto a pegarme, pero enseguida se detiene. No quiere que ningún profesor lo agarre golpeándome en la cabeza. Aquí, atacar a alguien con un cuaderno de tres anillas te puede costar al menos un par de castigos. Y a Francis no lo castigan nunca. NUNCA.

¿Lo ven? La profe del aula de castigo ni siquiera lo cono-
ce. ¡Con eso ya está todo dicho!

A todos les parece raro que Francis y yo seamos tan buenos amigos, y ¿saben una cosa? Pues que tienen parte de razón. La verdad es que somos opuestos. Ahora se lo explico mejor:

DISCUTIR DISCUTIR
DISCUTIR DISCUTIR
DISCUTIR DISCUTIR

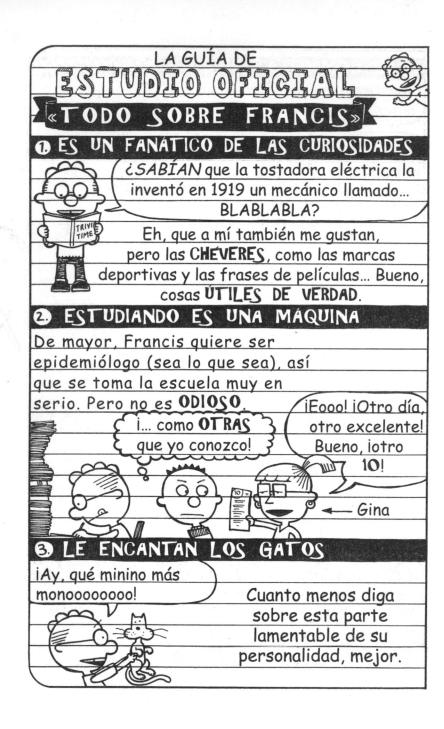

Una ACLARACIÓN: en realidad Francis no es tan repelente. Creo que escribí esta guía hace tiempo, cuando estaba enojado con él por haber llenado nuestra cabaña del árbol de ambientadores. Bueno, sigan leyendo.

Francis y yo en kindergarten

Quizás el tema de la limpieza y el orden debería haber encabezado la lista. Lo conozco desde kindergarten, y SIEMPRE ha sido el Capitán Pantalones Limpios. De pequeño, nunca se ponía a jugar en la arena sin llevar un paquete de toallitas húmedas en el bolsillo.

¡Ya volvemos a lo mismo!

—A ver, y ¿qué problema hay? —le pregunto.

—Pues que no queda nada bien — responde, frunciendo el ceño —. Rompe la armonía feng shui del pasillo.

—Para morirse de la risa, Teddy —refunfuño, tocándome el chichón que me ha salido en la cabeza—. Te crees muy gracioso...

Genial. Ciencias con el señor Galvin. ¿Alguna vez han visto uno de esos anuncios interminables sobre aparatos de cocina inútiles? Pues así son las clases de ciencias... salvo que no puedes cambiar de canal.

—Muy bien, Gina —dice el señor Galvin.

Y ella nos deleita con su sonrisa habitual.

—Un trabajo excelente, Francis —dice a continuación.

Y, al levantar la mirada, veo que mi amigo sostiene la hoja en alto para que yo pueda verla.

¡Una A! Aunque tampoco es nada nuevo. De todos modos, son buenas noticias, porque Francis y yo hicimos los deberes juntos, así que si él ha sacado una A...

¿Cómo que «acércate»? ¿Dónde está eso de «muy bien»? ¿«Buen trabajo»?

—Esto... pues bien —digo, un poco nervioso. No, MUY nervioso.

—Sin lugar a dudas, esto es... —anuncia, levantando cada vez más la voz...

¡LA HOJA DE DEBERES MÁS COCHINA QUE HE VISTO NUNCA!

Oigo las risitas de los demás detrás de mí. Ha sido todo un detalle por su parte compartir esta perla con toda la clase. ¿No podría haberme regañado en PRIVADO?

Da igual. No pienso rendirme sin luchar.

PERO... ¡LAS RESPUESTAS ESTABAN TODAS BIEN!

—¡Ni siquiera he podido leerlas! —prosigue el señor Galvin. Ahora ya está fuera de sí—. ¡No hay quien entienda tu LETRA!

Le da la vuelta a la hoja.

Vaya… Me puse a dibujar mi último cómic en la parte de atrás de los deberes de ciencias sin darme cuenta.

—¿Te gustan los misterios? —me pregunta, entregándome mis deberes desde el otro lado de la mesa.

Ostras, ESTO no me lo esperaba. Hace solo tres minutos creía que tenía un excelente y ahora casi estoy expulsado. La voz del señor Galvin me persigue mientras regreso a mi sitio arrastrando los pies.

—Quiero esos deberes mañana encima de mi mesa.

Es una nota de Francis. Le lanzo una mirada rápida al señor Galvin, que está muy ocupado enseñándole a Mary Ellen Popowski a encender un quemador Bunsen sin acabar con la cabellera en llamas. No hay moros en la costa.

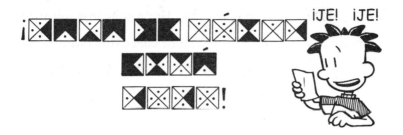

Sí, ya lo sé: no saben lo que dice. Es que se SUPONE que no deben saberlo. Francis y yo nos pasamos un montón de tiempo tratando de que NADIE fuera capaz de leer nuestros mensajes. ¿Dónde está la gracia de tener un código secreto si medio mundo puede descifrarlo?

Bueno… está bien. Les dejaré ver la clave para que puedan seguir leyendo. PERO ¡NO SE LA ENSEÑEN A NADIE!

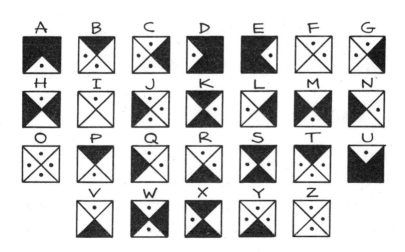

Le contesto:

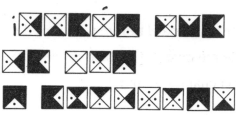

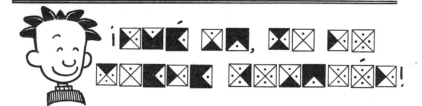

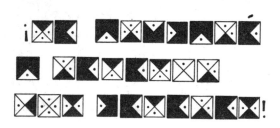

El bueno de Francis...

Por fin suena el timbre y salimos del aula. Esto es lo único que me gusta de la clase de ciencias: ¡te sientes de maravilla cuando termina!

—¡Precisamente por eso deberíamos asistir a la reunión!
—dice Francis—. ¡Hagamos un anuario que sea ME-MORABLE, para variar!

Sí, pero no por muy buenos motivos.

● Un montón de fotos al revés.

● Junto al nombre de Chad decía: «Probablemente la primera mujer que saldrá elegida presidente».

● A las de la cafetería las llamaron «Los corredores de fondo».

● Prácticamente todos los nombres estaban mal escritos. Entre ellos...

| Francés Pupa | Tebio Otriz | Nata Brite |

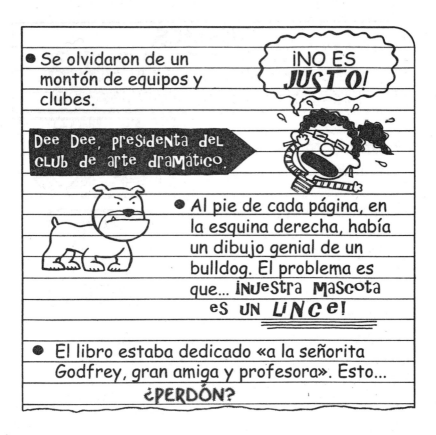

- Se olvidaron de un montón de equipos y clubes.

¡NO ES JUSTO!

Dee Dee, presidenta del club de arte dramático.

- Al pie de cada página, en la esquina derecha, había un dibujo genial de un bulldog. El problema es que... ¡NUestra Mascota es UN LINCe!

- El libro estaba dedicado «a la señorita Godfrey, gran amiga y profesora». Esto...

¿PERDÓN?

¡Menudo desastre! Había más errores que pecas en la cara de Chad. Empecé a contarlos, pero me cansé cuando necesité tres dígitos.

—Supongo que saben perfectamente por qué todo salió mal, ¿no? —pregunta Francis.

—Claro —respondemos Teddy y yo a la vez...

Nick Blonsky fue el editor del anuario del año pasado. Sabía que metería la pata. Alguien que se pasa el día con el dedo metido en la nariz no inspira precisamente confianza.

—Y ¿ESTE año quién será el editor? —pregunto.

—Bueno, sea quien sea —dice Francis al entrar en el aula donde se celebra la reunión...

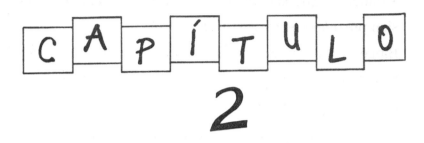

CAPÍTULO 2

Oh, no. ¡¡NO!!

¡LA REUNIÓN DEL COMITÉ DEL ANUARIO VA A **EMPEZAR**!

PAM
PAM
PAM

—¿¿GINA?? ¿ELLA es la editora? —gimotea Teddy.

—Bueno, ¿qué esperabas? —susurra Francis—. Gina siempre quiere encargarse DE TODO.

Bingo. Y esta es una de las razones por las que es tan poco popular como el simulacro de un incendio a la hora del recreo. He aquí otras:

Y ahora volvamos a la reunión, con la Marimandona Prepotente.

—DE ACUERDO, Gina: ¡que ya te oímos! —le digo—. Puedes soltar el dichoso martillo ese.

—Se llama «MAZO», listo...

Genial. Y ahora nos AMENAZA. ¿Qué es esto? ¿Una reunión para el anuario o un combate de lucha libre?

Parece que a Gina le importa un pito que nadie le preste atención, porque se ha puesto a fanfarronear sobre la «nueva dirección» hacia la que guiará el anuario.

—Suena bien —les digo a mis amigos—. ELLA puede seguir su camino...

—¿Por qué no?

Francis alarga la cabeza hacia Gina.

—¿De verdad queremos dejar el anuario en SUS manos?

ESTAMOS en problemas. Si un anuario a la Blonsky resultó ser una pena, uno a la Gina podría ser una auténtica PESADILLA.

—Tienes razón —coincido—. No podemos quedarnos aquí sentados mientras Gina se proclama reina del anuario.

—Y ¿qué hacemos? —pregunta Teddy.

—Ahora verán —susurro, levantando bien la mano.

¡EJEM!... *¡EJEM!*

Gina me mira con desconfianza.
—¿QUÉ quieres?

QUIERO...

¡... NOMINAR A **FRANCIS** EDITOR DEL ANUARIO!

Todo el mundo parece sorprendido. Especialmente Francis.

—¿YO? —pregunta.

—Disculpa —balbucea Gina, con las mejillas colora-das—, pero ¡la editora soy YO!

—Oh, ¿en serio? ¿Acaso te hemos elegido entre todos…?

¿... O TE HAS APODERADO DEL **CARGO**?

¿QUÉ…?

Gina se pone aún más roja.

—Me ofrecí VOLUNTARIA, para que lo sepas —protesta—. ¡Fui la primera en ofrecerme voluntaria!

—Pues Francis ha sido el SEGUNDO —digo—. ¿Dónde está la diferencia?

BUENO, TÉCNICAMENTE NO ME HE PRESENTADO VOLUNT…

¡EMPUJÓN!

¡PUEDEN COMPARTIR EL CARGO!

Ahora Gina está adquiriendo una tonalidad que no había visto en mi vida y me apunta con el mazo justo en medio de los ojos.

—¡No puede haber DOS editores! —sisea.

Esta es la señorita Hickson, la bibliotecaria de la escuela, y también la supervisora del anuario. Además, es la única que ha castigado a Gina alguna vez. Y ahora está desbaratando el plan maestro que Doña Contrólalo Todo tenía para apoderarse del anuario. ¡JA!

Esta mujer está empezando a caerme bien.

Oh-oh… Tal vez me haya precipitado.

Me enseña el libro que tiene en la mano.

—¿Lo reconoces?

Pues claro. Es el que pedí prestado en la biblioteca la semana pasada: *¡Thomas es un as!* Me gustó mucho. Thomas es un niño al que regalan un loro el día de su cumpleaños, pero el loro desaparece. Entonces…

Lo hojea.

—Tal vez podrías explicarme por qué hay manchas de color naranja en todas las páginas.

ESTO... BUENO... SUPONGO QUE *COMÍ* GANCHITOS MIENTRAS LO LEÍA.

Frunce el ceño.

—Ya veo... ¿Y qué me dices de la MANCHA de la portada?

OH. ... ✻¡EJEM!✻... TUVE UN PEQUEÑO ACCIDENTE CON LA NARANJADA.

¡JE!
¡JE!

—¡Y fíjate en ESTO! —prosigue.

EL LOMO ESTÁ ROTO...

LAS HOJAS SE CAEN...

¡... Y LA **PORTADA** ESTÁ **RASGADA**!

Trago saliva. La verdad ES que está bastante destrozado.

—Bueno... A veces las cosas se despachurran un poco dentro de mi taquilla.

—¿UN POCO? Cualquiera diría que este libro ha pasado por el TRITURADOR DE BASURA —me grita.

Un momento: ¿no se suponía que las bibliotecarias hablaban en voz baja?

De acuerdo. Hace unos meses, se me fue un poco la cabeza y DIBUJÉ en un libro de la biblioteca. La cosa no acabó precisamente bien, la verdad.

—Nate —me dice—, no todos somos iguales. Hay gente ordenada y otra que no lo es tanto.

Sí, y también hay gente a la que le gusta aguantarle la cantaleta a los mayores y otra a la que no. ¿Podemos acabar ya?

—Pero cuando ser poco cuidadoso afecta las pertenencias de los demás…

BUENO, ENTONCES SE CONVIERTE EN UN **PROBLEMA.**

«Problema» suena muy negativo. ¿No sería mejor decir «peculiaridad encantadora»?

—Se ha acabado la lección —me dice, mirándome con dureza una última vez—. Ya puedes volver a la reunión.

Francis y Teddy están sentados delante de una de las computadoras. Cojo una silla.

HOLA.

HOLA.

¿QUÉ ES LO QUE HA PASADO?

Empiezo respondiendo «nada», pero ¿a quién quiero engañar? No puedo tener secretos con los chicos. Les hago un resumen de mi cara a cara con la señorita Silenciosa Pero Letal.

¿LO VES? ¡YA TE HE DICHO QUE SER TAN DEJADO TE TRAERÍA PROBLEMAS!

—No —le recuerdo—. Tú me has dicho que era un COCHINO.

—Un CERDO, no un cochino —me corrige Francis.

—Cerdo. Cochino. ¡Pónganse de acuerdo! —propone Teddy.

—Ordenar alfabéticamente las fotos —me aclara Francis—. ¡Algunas son para MORIRSE DE RISA!

33

—Aquí está Randy.

—Parece que está a punto de vomitar.

—Tú también vomitarías si tuvieras su cara.

—Luces... Cámara... ¡Dee Dee!

—Aquí tiene una sonrisa muy falsa.

—¡Menos mal que ese día se pasó el hilo dental!

—¡Eh, fíjense en el grano de Artur!

—Un momento: ¿eso ES un grano?

—O es un grano o un islote.

—¡Vamos a buscar la TUYA, Nate! — se ríe Francis.

—Mejor no — me apresuro a replicar.

Teddy se está muriendo de la risa.

—¡VAYA!¡Había olvidado lo MAL que saliste en esta foto!

Claro, porque no le ocurrió a ÉL, por eso. Créanme, yo me acuerdo PERFECTAMENTE. Fue otro episodio de…

38

¡Tachán! Aquí está: la peor foto de la historia de la escuela. Incluso me atrevería a decir de la historia del UNIVERSO.

—¡Uau! —exclama Teddy, sin aliento, recuperándose del ataque de risa—. ¡Y yo que creía que formar parte del comité del anuario sería ABURRIDO!

—¡Cállate! —le gruño.

—Vamos, Nate, no te lo tomes tan a pecho — dice Francis.

Sí, tiene razón. Es que no soporto verme con esa pinta de tonto. La verdad, preferiría estar..

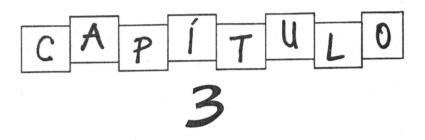

CAPÍTULO 3

—¡Instantáneas! —les digo a Francis y a Teddy al salir de la reunión del anuario.

—Una instantánea es una foto que tomas cuando el otro no se da cuenta —explica Francis.

—Ahora que lo dices —murmura Francis rascándose la barbilla con el típico aire de coeditor de anuario —, ¡en el del año pasado no había ni una SOLA instantánea!

—Otra de las razones por las que era un bodrio —dice
Teddy.

¡Eh, FÍJENSE, pero si es
NICK BLONSKY, que ha
venido a iluminarnos con su
experiencia en anuarios!
No te ofendas, Nick, pero
¿no te parece que es como si
el capitán del Titanic quisie-
ra enseñarnos a navegar?

—Vale, no era un bodrio:
solo era un churro —le dice Teddy.

¡TENÍA MÁS ERRORES QUE LOS EXÁMENES DE **MATES** DE NATE!

¡JE! ¡JE!

—Esos errores no eran culpa MÍA —gimotea Nick.

¡LAS **PRUEBAS** ESTABAN **PERFECTAS** CUANDO LAS MANDÉ A **IMPRENTA**! ¡FUE ALLÍ DONDE EMPEZARON LOS **PROBLEMAS**!

Puaj... ¿Lo han visto? Nick escupe cuando habla. Cada vez que dice una palabra que empieza con «P» prácticamente inunda el pasillo. ¿Alguien tiene una toalla?

¡ESTE AÑO **FRANCIS** ES EL COEDITOR!

¡NOS ASEGURAREMOS DE QUE NO HAYA **NI UN ERROR**!

Nick resopla tan fuerte que se le forma una burbuja de moco en la nariz. Es muy asqueroso.

—¡Buena SUERTE! — dice, en tono burlón —. ¡No existen los anuarios sin errores!

—Qué amable ha sido, tratando de animarnos — dice Francis, levantando la mirada con exasperación.

—¡Es un *cretinus maximus*! — refunfuña Teddy.

—¡Olvídense de él, chicos! — les digo.

Supongo que están pensando: ¿QUÉ? ¿Desde cuándo salgo yo corriendo a BUSCAR a la Innombrable? Y aún menos con el humor de perros que tiene últimamente.

AYER

¡SE SUPONÍA QUE IBAS A SACARLE PUNTA AL LÁPIZ, NO A LLENAR EL SUELO DE VIRUTAS!

¡LÍMPIALO AHORA MISMO!

—Vale, estoy alucinando —dice Teddy—. ¿POR QUÉ vamos a ver a la señorita Godfrey?

—Porque es la encargada del aula audiovisual —explico—, y necesito que me preste una de las cámaras de la escuela...

... PARA PODER EMPEZAR MI CARRERA COMO NATE WRIGHT, ¡FOTÓGRAFO DEL ANUARIO!

Francis me dedica una de esas miradas que dicen: «¿Te has vuelto loco?».

—¡Baja de las nubes, Nate! ¡Esas cámaras son solo para los PROFESORES!

—Ajá —digo, asintiendo—. Profesores yyyyy...

¡... EDITORES DEL ANUARIO!

¿EH?

—¡A TI te prestará una cámara, Francis! —señalo—. ¡Le caes BIEN! ¡Le caes MUY bien!

—No, lo que pasa es que no hago tonterías —puntualiza.

¡... COMO LLEVAR A CLASE UN BOTE DE CREMA!

¡FSSST!

—De acuerdo, puede que ahí metiera la pata —admito.

—¡Tú SIEMPRE estás «metiendo la pata»! —dice Francis, dibujando comillas imaginarias en el aire con los dedos—. ¿Y si me expongo y le pido la cámara…?

Teddy suelta una risita y me da un empujón.

—LO TUYO es la comida, ¿eh?

Francis sigue farfullando:

—La cuestión es: si rompes la cámara…

—No voy a romper la cámara —objeto.

—O la estropeas un poco…

—¡NO la voy a ESTROPEAR!

¡¡… ENTONCES **ME** CAERÍA UN MES DE **CASTIGO** A MÍ!!

Solo de PENSAR que puede meterse en líos, Francis ya empieza a atacarse.

—Oye, eso no pasará NUNCA JAMÁS —le aseguro—. Te lo JURO.

¿JURAMENTO **SECRETO**?

JURAMENTO SECRETO.

Supongo que debería explicarles qué es eso del «juramento secreto». Pues es como un pacto entre Francis y yo. Cuando estábamos en tercero ya éramos amigos inseparables, pero quisimos hacerlo oficial. Así que nos encaramamos a la casa del árbol de Francis y escribimos esto:

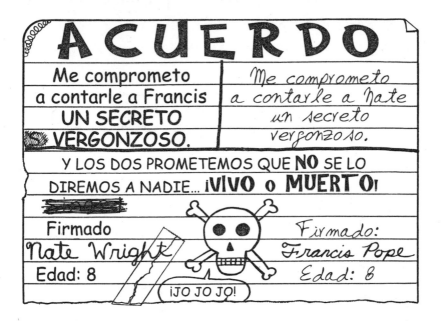

ACUERDO

Me comprometo a contarle a Francis **UN SECRETO VERGONZOSO.**	Me comprometo a contarle a Nate un secreto vergonzoso.

Y LOS DOS PROMETEMOS QUE **NO** SE LO DIREMOS A NADIE... ¡VIVO o **MUERTO**!

Firmado	Firmado:
Nate Wright	Francis Pope
Edad: 8	Edad: 8

¡JO JO JO!

¡A saber por qué pusimos una calavera y dos tibias cruzadas! Supongo que pasábamos por una fase pirata.

Da igual. El caso es que le conté mi mayor secreto y él me contó el suyo. Y, no, no pienso contarles lo que dijo.

ENTONCES NO SERÍAN **SECRETOS**, ¿NO?

Nunca se lo hemos dicho a nadie. Ni siquiera a TEDDY, que es mucho decir. Puede que les parezca un poco cursi, pero en realidad significa que confías en alguien para TODO. Un juramento secreto es mucho más que una promesa. Es algo que te UNE al otro para siempre.

Francis inspira profundamente y dice, al fin:

—De acuerdo. Iré a pedirle la cámara a la señorita Godfrey. Pero será mejor que a ti no te vea, Nate.

—Tiene razón — dice Teddy, muy convencido —. La señorita Godfrey te odia.

—Hombre… —suelta una risita Teddy.

—Está bien, mejor no me contestes a eso —me apresuro a decir.

Oímos que se abre una puerta y la voz de la señorita Godfrey llega flotando por el pasillo.

Al cabo de unos segundos, aparece Francis… ¡CON la cámara!

—¡La TIENES! —exclamo—. ¡Deja que la vea!

—Espérate a que estemos fuera —susurra Francis.

RECUERDA: LA SEÑORITA GODFREY CREE QUE LA HE PEDIDO PARA **MÍ**.

Salimos al patio de la escuela y Francis me entrega la cámara. Está en un estuche de piel, y de la correa cuelga una etiqueta que dice: «Propiedad de la escuela». ¡Tampoco puedes presumir mucho!

¡GENIAAAL!

—Has oído lo que ha dicho la señorita Godfrey, ¿verdad, Nate? —me pregunta Francis—. ¿Sobre lo cara que es?

—Sí... TRANQUILO —le digo—. Lo único que voy a hacer son unas cuantas fotos.

Genial. Es Randy Betancourt y su pandilla de tarados. Como siempre, se comporta como un cretino integral.

—Devuélvemela —le gruño.

Randy se limita a sonreírme.

¿Qué podemos hacer? Si Randy estuviera solo, nosotros tres podríamos recuperar la cámara, pero Randy NUNCA va solo. Y no somos rival para toda su pandilla.

—No es una carterita, tonto —le dice Teddy.

Randy abre la boca para contestar, pero entonces…

Aparece el entrenador John. Aún no nos ha visto…, pero podría hacerlo. Randy mira a su cuadrilla asintiendo con la cabeza y los demás enseguida forman una pared para que el entrenador no lo vea. ¡La operación Profesor Al Rescate se ha ido al garete!

Randy y su pandilla echan a correr en todas direcciones, mientras contemplo horrorizado cómo la funda de piel sale disparada hacia el cielo. En cuestión de segundos, la cámara se estrellará y acabará hecha añicos… A no ser que no llegue al SUELO. Echo a correr.

CAPÍTULO 4

—Muy interesante —dice papá mirando por encima de mi hombro. Casi me salgo del pijama del susto. ¿Es que nadie LLAMA a la puerta en esta casa?

—La parte en la que llevo medias y digo que sé volar es inventada —le confieso.

—Vaya —me dice riéndose, y se sienta en la cama, a mi lado.

Genial: ya veo que papá quiere que tengamos uno de esos momentos «hijo-mío-cuéntamelo-todo-sobre-tu-vida».

—¿Y Randy acabó castigado?

—¿Me tomas el pelo? —resoplo.

—Y tú eres un especialista en la materia —apunta mi padre. Pero no lo dice de mala manera: solo para provocarme.

—Y ¿QUÉ pasó? —pregunta.

BUENO, RANDY LANZÓ LA CÁMARA AL AIRE...

—... Y no había hierba ni nada MULLIDO donde pudiera aterrizar. Así que salí disparado por el patio de la escuela. Creo que no había corrido tan deprisa en toda mi VIDA.

—¿Y la atrapaste? —pregunta papá.

—Estuve A PUNTO —gruño—. Habría sido la mejor recepción de mi vida. Pero Kim Cressly se cruzó en mi camino.

¡YEP!

—¿Quién es Kim Cressly?

—Nada, una niña de la escuela —me apresuro a responder.

No pienso contarle a papá que Kim quiere que sea su osito amoroso. Los padres enseguida se ponen ñoños con estas cosas.

—Pues eso —sigo—, cuando trataba de... esto... esquivar a Kim, adivina quién apareció: ¡NICK BLONSKY! Y...

—Deja que lo adivine —dice papá—. La atrapó él.

Asiento, con fastidio, y añado:

—Sí, pero te lo aseguro, fue un auténtico MILAGRO. La temporada pasada estaba en mi EQUIPO...

> ¡... Y NO ATRAPÓ NI UNA SOLA PELOTA!

—Bueno, al menos la cámara se salvó —observa mi padre.

—¡EXACTO! ¡Eso mismo le dije yo! Pero, AUN así, ¡me soltó un buen SERMÓN!

> ¡ESTO ES **PROPIEDAD** DE LA ESCUELA! ¡LA HAS TRATADO **HORRIBLE**! ¿LO HACES A **PROPÓSITO**?

Papá ve el estuche junto a la cama y lo abre.

—¡Uau! —exclama—. ES una buena cámara.

—Ajá —coincido—. Y, a partir de mañana, la usaré para sacar unas instantáneas GENIALES.

—Bueno, Señor Modesto, para ser fotógrafo del anuario no basta con pillar a los demás de improviso —dice, y luego, dándome la espalda, añade—: Bueno, a dormir, que se está haciendo tarde.

A la mañana siguiente, de camino a la escuela, mis amigos y yo preparamos un plan de acción.

—La semana pasada Chester se quedó dormido allí, y
dejó todo cl puf lleno de babas —dice Teddy, entre risas.

—¡ESO habría sido una instantánea genial!

—Si Chester te pilla sacándole una foto, es probable que te mate —me advierte Francis.

—Claro —dice Francis, poniendo los ojos en blanco—, había olvidado que estaba hablando con un fotógrafo profesional.

—¿Qué ha querido decir con ESO? —les pregunto a mis amigos—. ¡Si aún no he empezado a SACAR fotos!

Teddy señala el tablón de anuncios.

—Bueno… Creo que hablaban de ESA de ahí.

—Pero si… ¡si soy YO! —balbuceo.

—Brillante observación — dice Francis en tono burlón.

Gina. Debería habérmelo imaginado.

—Te crees muy graciosa, ¿verdad, Gina? —le suelto.

—Esta «genial idea» hará que la gente venga el Día del Segundo Intento, listillo — dice.

—¿Cómo, pegando mi foto por toda la escuela?

—¡Vamos, TRANQUILO! —resopla Gina—. Tú solo apareces en UNO DE LOS PÓSTERES.

Se saca varias hojas de debajo del brazo y añade:

—He usado muchas OTRAS fotos: mira.

—¿Lo ves? —dice, con una sonrisita inocente—. ¡He hecho pósteres con MUCHOS de nosotros!

—Pero ¡esto es DIFERENTE! ¡Esa de ahí es MI foto de la escuela! —le grito—. ¡En ESTAS han tratado de aparecer mal ADREDE!

—Sí —admite con una risita…

TÚ, EN CAMBIO, NO TIENES QUE ESFORZARTE PARA SALIR HORRIBLE.

Oigo la risa de Teddy detrás de mí. Luego pienso pegarle un buen coscorrón.

—¡Descuélgalo, si quieres! —me dice Gina, encogiéndose de hombros—. Pero si eres tan INSEGURO como para no poder reírte de ti mismo…

…ES LAMENTABLE, LA VERDAD.

—Claro que puedo reírme de mí mismo —murmuro—.
Lo que no quiero es que se ría ELLA.

—Bueno, ¿y qué vas a hacer? —pregunta Teddy.

Abro mi mochila y saco la cámara.

—Tengo una idea. Aún está un poco borrosa…

... PERO ¡ENSEGUIDA LE AJUSTARÉ EL **FOCO**!

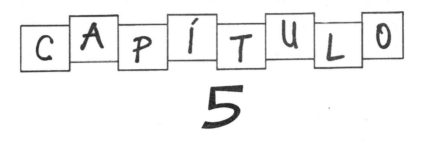

CAPÍTULO
5

«Bobby tiene $20. Compra cuatro bolsas de patatas fritas para llevarlas a la fiesta de Pepper. Cada bolsa cuesta $2.60. Hacen un 5% de descuento. ¿Cuánto dinero le queda a Bobby?».

Odio este tipo de problemas. Además, ¿a quién se le ocurre usar esos NOMBRES tan tontos? Más que de persona, «Pepper» parece nombre de CABALLO. Y el único Bobby que he conocido en mi vida era ese labrador que cada día hacía caca en el jardín de la madre de Francis.

¡UFFFFF...! AOOOOOO...

Oh, oh... Me están entrando ganas de bostezar... Cosa que no es nunca buena idea en clase de mates.

En primer lugar, porque el señor Staples enseguida pierde la tabla cuando pareces aunque solo sea un poco cansado.

Y, en segundo lugar, porque puede que tu mejor amigo

decida lanzarte una nota justo en ese momento y esté a punto de MATARTE.

—¡Nate! —grita el señor Staples, levantándose de un salto de su mesa—. ¿Estás bien?

Me apresuro a escupir la nota y me la meto en el bolsillo.

—Sí, sí, estoy bien —le aseguro.

—¿Por qué no vas a beber un poco de agua? —me sugiere.

No es mala idea. Podré descansar un rato de Bobby y Pepper, y aprovecharé para leer la nota que he estado a punto de tragarme.

Salgo al pasillo y me saco la nota del bolsillo. Está un poco húmeda, pero aún puede leerse.

Mmmm. No muy bien, así va. Mi objetivo no está cooperando.

«O. I.» son las siglas de Operación Instantánea. Es mi plan para devolverle a Gina su jugarreta. ¿Quiere colgar un póster con una foto en la que salgo fatal? Muy bien.

Solo hay un pequeño problema: no TENGO una foto ridícula de Gina. Y no parece que pueda CONSEGUIRLA, porque... Bueno, esto explica el porqué.

¿Entienden ahora lo que quiero decir? Gina no hace cosas ridículas. Siempre he sabido que era odiosa, pero hasta ahora no me había dado cuenta de lo ABURRIDA que es.

Eh, QUÉ amable. Enseguida le respondo:

—¿Qué haces TÚ aquí?
Saca pecho y responde:

La cosa ya cuadra. Todos los vigilantes de pasillo son unos mentecatos.

—Se SUPONE QUE deberías estar en clase. —Uno de sus escupitajos lo empapa todo —. Podría REPORTARTE.

Regreso a clase de mates sin hacerle ni caso y cierro la puerta tras de mí. Vaya…, ¡menudo portazo he dado!

—Si ya te encuentras mejor, Nate, haz el favor de seguir con tu trabajo —me dice el señor Staples.

—¿Qué te pasa? —me susurra Teddy cuando me dejo caer en la silla—. ¡Vaya OREJAS!

SOBRE NATE:
Cuando me enojo, las orejas se me ponen coloradas.

Resoplo con desgana, y sacudo la mano sin darle importancia. ¡No vale la pena contarle lo rata que es Nick! Ya lo sabe: TODO EL MUNDO lo sabe.

Aguanto a duras penas el resto de la clase de mates (por si tienen curiosidad, a Bobby le quedan exactamente $9.08) y, en cuanto suena el timbre, las cosas empiezan a mejorar para la Operación Instantánea.

—¿Han oído eso? —exclamo mientras salimos de clase—. ¡Es mi gran oportunidad!

Teddy parece perplejo.

—¿Saltar a la cuerda?

—Es tan grácil como una piedra en una batidora —prosigo—. Seguro que podré sacarle VARIAS fotos en las que parecerá totalmente RIDÍCULA.

—¿Qué pasa? —pregunta Francis.

—Nada, nada… —respondo, con la boca seca—. Es solo que…

—¿La CÁMARA? —pregunta Teddy, sin dar crédito.

—Tiene que estar por aquí —le aseguro, mientras el corazón se me acelera.

Pero NO está. Rebusco de nuevo en el montón de cosas con las manos sudorosas. Y luego otra vez. Ahora mismo ya estoy atacado.

Y entonces oigo la voz de Francis detrás de mí.

—¿Qué? —le pregunto. Mi voz me parece lejana.

—Has perdido la cámara —dice Francis.

—No, no, es solo que…

Asiente con la cabeza y me dice:

—Sí, Nate. Admítelo. Has perdido la cámara…

… PORQUE ERES MUY ¡DESORDENADO!

—¡NO la he perdido! —protesto—. Est…

—¿Ah, no? Entonces ¿DÓNDE ESTÁ? —me espeta.

—Es… está… —tartamudeo.

—¡No puedes responderme! —me dice Francis, chillando cada vez más—. ¡No tienes NI IDEA de dónde está!

¡ME PROMETISTE QUE TENDRÍAS **CUIDADO**, NATE! ¡ME LO **JURASTE**!

Empiezan a arderme las orejas. Francis no está siendo justo. No he dejado la cámara POR AHÍ, en cualquier parte. Estaba en mi taquilla. ¡SÉ que estaba ahí!

FRANCIS, TRANQUILO. HE **TENIDO** CUIDADO. HE...

—¡No! ¡NO es verdad! —explota Francis—. ¡Esto es TÍPICO de ti, Nate! Siempre metes la pata, y ¡luego SOY YO el que tiene que ARREGLARLO todo!

Ahora soy yo quien se enoja.

—No todo el mundo puede ser tan PERFECTO como TÚ, ¿verdad? —le digo con rencor.

—¡Yo nunca HE DICHO que fuera perfecto! —me grita.

... PERO ¡AL MENOS NO SOY COMO TÚ! ¡NO SOY UN COMPLETO DESASTRE!

Es como si me hubiese dado un puñetazo en la cara. Francis ya me había llamado «desastre» en otras ocasiones, pero no así. No como si lo DIJERA de verdad. Siento subir mi respuesta por la garganta y, antes de saber siquiera lo que voy a decir, antes de poder detenerme, abro la boca, mi bocaza.

Silencio. Por primera vez, me doy cuenta de que estamos rodeados de gente. La mitad de la escue-

la nos ha estado escuchando. Y acaban de oírme romper la promesa que le hice a Francis en tercer grado.

Les he contado el secreto.

Algunos se echan a reír con Randy. Otros se han quedado de piedra, estupefactos. Francis está pálido. Abre un momento la boca, pero enseguida la cierra de nuevo. Luego sacude la cabeza y me da la espalda.

Corro detrás de él, pero no se detiene.

—Eh-eh… —tartamudeo—. No debería… No…

Mi voz se desvanece. Apenas puedo hablar.

Vuelvo a intentarlo.

—Francis —le digo, esforzándome para articular las palabras—. He… he metido la pata.

Ni siquiera me mira.

—Yo también —dice.

CONFIÉ EN TI.

CAPÍTULO

6

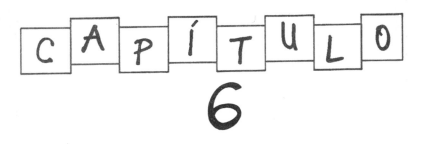

¡Sí, eso es! ¿Por qué no lo habré pensado ANTES?

Dee Dee se planta a mi lado.

—Acabo de descubrir quién me ha robado la cámara de la taquilla —le digo.

Asiente con la cabeza, como esos perritos de juguete que la gente lleva en el coche.

—Sí, es el tipo de tontería que podría hacer él…

—Pero ¿cómo vas a demostrarlo?

—No lo sé —admito—. Quizá siguiéndolo a todas partes. Espiándolo.

Cuando me dispongo a decirle que la gracia de los espías es pasar DESAPERCIBIDO...

Caminamos en silencio (algo que no pasa NUNCA cuando Dee Dee está cerca), pero, al cabo de unos minutos, ya no puede evitar decir algo.

Con solo oír el nombre de Francis ya me duele el estómago. No me apetece hablar de ello, pero Dee Dee no para de preguntar, así que al final se lo cuento. Bueno, ¿y por qué no? Puede que me haga sentir mejor.

Dee Dee me señala meneando el dedo.

—¡Nunca digas «nunca», Nate! De acuerdo, AHORA Francis está enojado...

—Pero es que no ha sido solo por la cámara —le recuerdo.

—Sí, ya lo sé, esa historia del «Trasseri» —dice Dee Dee, agitando la mano con impaciencia.

—¿Como cuál?

—Como el mío —me responde—. Es Dechiva.

Me río por lo bajo.

—Lo siento. Es que me estoy imaginando a una chiva vestida de hombre.

El bueno de Teddy. Al menos ÉL no está enojado conmigo.

Da una palmada con las manos y, mientras se las frota una con otra, exclama:

—¡Bueno! Y ¿qué vamos a hacer?

—¿Sobre qué? —pregunto.

—¡Sobre TÚ Y FRANCIS, tonto! —responde.

La verdad es que no se me había ocurrido. No debe de ser nada agradable para Teddy estar en medio.

—Hace solo unos minutos —me dice Teddy—. Iba a ver a la señorita Godfrey para hablarle de la cámara.

Es la voz de la señorita Godfrey, de eso no cabe duda: parece un choque frontal entre una sirena y una motosierra. Teddy, Dee Dee y yo nos acercamos a su clase de puntillas para escuchar la conversación.

A Francis no es tan fácil oírlo.

—Bueno… um… No me acuerdo. Debo de… haberla perdido.

Se hace un silencio y luego la voz de la señorita Godfrey vuelve a tronar.

—No es propio de ti, Francis. ¿Estás seguro de que la cámara la has perdido TÚ?

¿… O HA SIDO OTRO?

✳ ¡GLUPS! ✳

Inspiro profundamente. Ya está: ahora viene cuando Francis le cuenta toda la historia.

NO. YO ERA EL RESPONSABLE. LA HE PERDIDO YO.

—¡No te ha delatado! —susurra Teddy—. ¡Qué chico tan SÚPER!

—Sí —mascullo, sintiéndome aún peor.

La señorita Godfrey suspira. Prácticamente puedo oler desde donde estoy su aliento a cebolla.

Hago una mueca de dolor. Que un profesor le diga eso debe de haber sido como una puñalada para él.

—Estarás castigado toda la semana —prosigue la señorita Godfrey—. Y si en ese tiempo la cámara no aparece, tendrás que pagarle a la escuela lo que cueste reponerla.

—Sí, señorita —dice Francis en voz baja.

—Puedes irte —concluye ella.

—Supongo que aún está enojado contigo —dice Teddy con pesar.

—¡Pobre Francis! —se lamenta Dee Dee.

—Haré mucho más que eso —balbuceo.

Teddy parece confundido.

—¿Qué quieres decir?

—Francis tenía razón: siempre meto la pata y luego él tiene que arreglarlo todo.

—La gente no puede cambiar así como así —dice Teddy en tono de burla.

A Dee Dee se le ilumina la cara, como un árbol de Navidad.

—No, ¡a no ser que se la HIPNOTICE!

Y los tres gritamos a coro:

¡EL TÍO PEDRO!

Pedro, el tío de Teddy, es… Bueno, no resulta fácil de describir. Es una especie de inventor-mago-arreglatodo-científico loco.

Ah, sí. Y también hipnotiza a la gente.

No, nunca me han hipnotizado. Pero ahora que la cámara ha desaparecido y que Francis no me habla, puede que sea mi única esperanza. Después de la escuela, los tres nos dirigimos directamente a casa del tío Pedro.

SE LEEN MANOS

CARPINTERÍA

TECHUMBRES

HIPNOSIS

SE AFILAN CUCHILLOS

YOGA

PELUQUERÍA

CEBOS VIVOS

CLASES DE MÚSICA
TODOS LOS INSTRUMENTOS

REPARACIÓN
DE MOTORES

PAISAJISMO

¡AH! ¡MI SOBRINO PREFERIDO!
¡HOLA, TEDDY!

—Tío Pedro —dice Teddy—, ¿te acuerdas de mis amigos, Nate y Dee Dee?

—¡Por supuesto! —responde, estrechándome la mano, mientras me mira a través de sus gafas de fondo de botella.

—¡Sí, EXACTO! —exclamo sorprendido—. ¿Cómo lo ha sabido?

—Por casualidad —se limita a decir—. Vamos, entren.

—Me... me preguntaba si... si podría hacerme más limpio y ordenado —le digo en cuanto nos sentamos.

Así que le cuento al tío Pedro lo que ha ocurrido con Francis y la cámara y todo eso. Me preparo para que me hipnotice, pero, en lugar de eso, se lleva la mano a la espalda, me guiña el ojo y dice:

¡DALE, TOMA UNA!

VAMOS, COGE UNA CARTA.

¿Qué? ¿En serio? ¿Cómo va a ayudarme un TRUCO DE CARTAS?

—Cualquiera —me dice, asintiendo con la cabeza.

No lo capto. Esperaba que hiciera balancear un reloj delante de mí o algo parecido. Claro que supongo que no tengo nada que perder. Elijo una carta de la baraja y la dejo en la mesa, bocabajo.

AHORA DALE LA VUELTA.

—Interesante —dice el tío Pedro—. Dale la vuelta de nuevo.

La pongo bocabajo otra vez.

—Tu carta era el siete de picas, ¿verdad?

—Ajá —respondo.

PERO ¿QUÉ...?

 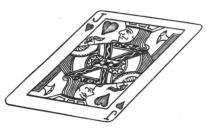

—¡Eh! Pero ¿cómo lo ha hecho? —le pregunto, asombrado—. ¿Cómo la ha cambiado?

—¿Yo? Eres tú quien la ha puesto boca arriba.

SÍ, PERO ¡**NO** LA HE CONVERTIDO EN LA SOTA DE CORAZONES!

El tío Pedro se encoge de hombros.

—Pues entonces quizá no tenga explicación —me dice.

Está bien. Entiendo. Es un juego de manos. SE SUPONE que no debe revelarse cómo se hace. Sigamos adelante.

—¿Podemos empezar ya? —le pregunto al tío Pedro.

Me mira, perplejo.

—¿Empezar qué?

—Bueno —digo, un poco confundido—. ¿No iba a hip-
notizarme?

El tío Pedro me sonríe.

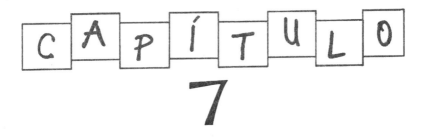

CAPÍTULO 7

—¡Menuda estafa! —protesto al salir de casa del tío Pedro.

—¿No te sientes diferente? —me pregunta Dee Dee.

—En absoluto —resoplo.

Teddy frunce el ceño y me pregunta:

—¿Desde cuándo te dan miedo los CHARCOS?

—No me dan MIEDO, zonzo —le respondo.

—¿Te has vuelto LOCA, Dee Dee? —le grito, hecho una furia—. ¡ME HAS ENSUCIADO!

—¡Solo acabo de DEMOSTRAR ALGO! —me dice, riéndose como una loca.

—¿LIMPIO? ¡A ver si te FIJAS! Gracias a ti y a tu BOLA DE BARRO voy hecho un DESASTRE —le gruño.

—¡NUNCA te había preocupado ir sucio! —exclama Teddy—. ¡Creo que Dee Dee tiene razón! ¡Estás HIPNOTIZADO!

—¡Tenemos que asegurarnos bien! —anuncia Dee Dee—. ¡Hagamos otra prueba!

—Pero nada de bolas de barro —me apresuro a decir.

El señor McTeague es un maníaco de su césped. Bueno, es un maníaco Y PUNTO. ¿Cómo llamarían si no a un tío que arranca las malas hierbas del jardín con unas pinzas de las cejas?

Teddy alarga el brazo hacia la extensión de césped, de un verde brillante.

—Es PERFECTO, ¿no te parece?

Puede que nunca me hubiera fijado bien en el césped del señor McTeague, pero, ahora que lo hago, me doy cuenta de que tiene sus fallos.

—¿Estás diciendo que esas BELLOTAS están desordenadas? —pregunta Teddy, sin dar crédito.

—Solo digo que podrían organizarse mejor —aclaro.

Dee Dee no para de dar brincos, como una rana montada en un palo saltarín.

—¡EUREKA! ¡¡Esto lo DEMUESTRA!!

¡ERES UNA **PERSONA DIFERENTE!**

¡VOY A GRITAR A LOS CUATRO VIENTOS QUE *HA NACIDO UN NUEVO NATE,* EL NATE NÍTIDO!

—¡Uau! —exclamo cuando Dee Dee echa a correr como una posesa—. Vaya, SÉ DE UNA que está emocionadísima con todo esto.

—Bueno, y ¿TÚ no? —me pregunta Teddy.

NO LO SÉ. ESO DE QUE TE HIPNOTICEN ES UN POCO RARO.

TENGO LA SENSACIÓN DE ESTAR EN LOS CALZONCILLOS DE OTRO.

Y, hablando de calzoncillos... Llevo los mismos desde esta mañana. Qué barbaridad.

A papá se le está quemando algo cuando cruzo la puerta de la cocina.

—¡Hola, Nate! ¿Quieres picar algo? La cena no estará lista hasta dentro de un buen rato.

—No, gracias. Tengo trabajo que hacer en mi habitación.

Al cabo de un par de horas, papá llama a la puerta de mi cuarto.

Papá empieza a mover los labios, pero no consigue articular palabra: o no sabe qué decir o ha ganado una beca para la escuela de mimos.

—Has... has ordenado la habitación —tartamudea, al cabo.

Brillante observación, papá.

—Sí —le digo.

**¿CÓMO?
¿POR QUÉ?**

—Con mis manos y porque era un caos —le explico.

Me encantan estas conversaciones padre-hijo. Son tan profundas.

Abajo, durante la cena, Ellen prosigue con la excitante conversación.

¡VAMOS, CONFIESA!

¿QUÉ TE **PASA**?

—¿Aparte de tener un plomo de hermana? —le pregunto.
—Por una vez, te has puesto la servilleta en el regazo

—me dice—. Y aún no has derramado nada. Y estás MASTICANDO la comida…

—¡… Un concepto que la gente LIMITADA como tú no puede entender!

—¿Saben qué? —anuncia papá con ese tono falsamente alegre que emplea cuando trata de evitar que Ellen y yo nos matemos el uno al otro.

—No, gracias —digo subiendo la escalera, después de dejar los platos en el fregadero.

Más tarde, papá asoma la cabeza de nuevo en mi habitación.

—Y no tengo —le repito—. Estoy pasando a limpio los apuntes de sociales.

Papá se sienta en mi cama y me arruga toda la colcha. Bueno, da igual. Ya lo arreglaré luego.

—La señorita Godfrey te ha dicho que lo hagas, ¿no es cierto? —pregunta, mientras levanta una de sus cejas.

—No, solo quería tenerlos más organizados.

Apuntes de Sociales

Nate Wright

<u>Franklin Pierce</u> -14.º Presidente de EE.UU.

- Nacido el 23 de noviembre de 1804, en Hillsboro, New Hampshire
  - Padres: Anna Kendrick y Benjamin Pierce (gobernador de New Hampshire)
- 1824 - se licencia en la Universidad de Bowdoin
- 1829 - elegido para la legislatura de New Hampshire (en 1831 se convierte en portavoz)
- 1833 - elegido para la Cámara de Representantes de EE.UU.
- 1837 - empieza el primer período como senador

<u>Elecciones presidenciales de 1852</u>

Franklin PIERCE (demócrata) vs.		Winfield SCOTT (liberal)
50%	Voto Popular	44%
254	Colegio Electoral	42

<u>Presidencia de Pierce</u>

- El apoyo al Kansas-Nebraska Act le hace perder la popularidad en el norte.
- Se publica el Manifiesto de Ostende.

Papá me devuelve los apuntes. Tiene una expresión muy rara en la cara. No sé si está preocupado o si tiene ganas de tirarse un pedo.

NATE... ¿HAY ALGO DE LO QUE DESEES HABLARME?

Aquí es cuando las cosas se ponen peliagudas. Estoy convencido de que a papá no le haría ninguna gracia que me hipnotizaran, así que no le puedo explicar por qué me he convertido en Don Perfectito. Y si descubre que una cámara ha desaparecido de mi taquilla, seguro que llamará a la escuela. Y nunca queremos que nuestros padres llamen a la escuela, ¿verdad?

Así que miento.

NO.

Papá me mira con los ojos entornados. Seguro que sospecha que hay algo más, pero ¿qué puede hacer? ¿Castigarme por ser ordenado?

—¿Puedo quedarme un rato más para dibujar unos cómics? —le pregunto.

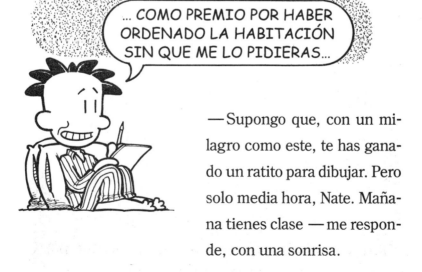

—Supongo que, con un milagro como este, te has ganado un ratito para dibujar. Pero solo media hora, Nate. Mañana tienes clase —me responde, con una sonrisa.

—Gracias, papá —le digo. Y me concentro en una nueva aventura de Luke Warm, el detective privado. Justo cuando voy a empezar…

—¿Qué? ¡Dijiste media hora!
Papá señala el reloj y me dice:
—Ya PASÓ media hora.

—Pero ¡si ni siquiera he empezado a DIBUJAR! ¡Apenas he terminado de medir las viñetas!

Trato de encontrar una buena respuesta.

—Solo… Solo quería que quedasen bien rectas —le digo en un susurro.

Papá le echa un vistazo a mi libreta y concluye:

—Bueno, no cabe duda de que están muy rectas…

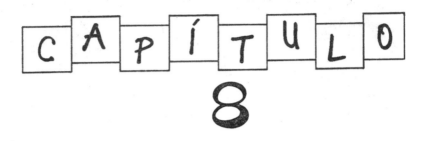

CAPÍTULO 8

A la mañana siguiente, me voy a la escuela cuando apenas ha salido el sol. Tengo que llegar temprano...

No PARECE que lo sienta demasiado, la verdad. Pero estoy tan contento de verlo, que no me importa que me haya arrojado a la cara… ¿un *Daily Courier*?

No me mira. Ni siquiera aminora el paso.

—Necesito dinero —me dice.

Me envuelve una oleada de culpabilidad… aun no teniendo por qué sentirme culpable…

Supongo que podría correr tras él y decírselo. OTRA VEZ. O aclararle que no tendrá que comprar una cámara nueva para la escuela, porque, si hace falta, la PAGARÉ yo.

La escuela está casi vacía cuando llego. Y ¿saben qué?
Me parece BIEN a estas horas.

La señorita Hickson me mira con desconfianza. Supongo
que es normal: no acostumbro a estar aquí una hora antes,
sino a quedarme una hora DESPUÉS, ya me entienden.

—He venido temprano para ordenar la taquilla antes de
que empiecen las clases —le respondo.

Hickey tiene aspecto de estar a punto de besarme. (¡Por suerte no lo hace!)

—¡Madre mía, Nate, esto es FANTÁSTICO! — exclama, entusiasmada—. ¡Creía que los habías PERDIDO!
—No — le respondo—. Yo nunca pierdo nada...

... PORQUE ¡NUNCA TIRO **NADA!**

O al menos no lo HACÍA. Claro que ahora que me han hipnotizado, estoy dispuesto a tirar a la basura casi todo lo que tengo metido en la taquilla.

¡KSSSSSS! o o o ¡PUAJ...!

Tardo casi cuarenta y cinco minutos. ¡Qué trabajo tan desagradable! No se pueden ni imaginar todo lo que ha salido de ahí dentro.

INVENTARIO DE LA TAQUILLA
(lista incompleta)

- 13 pares de calcetines sucios
- 3 protectores bucales llenos de moho
- 27 lápices
- 2 cómics inacabados del doctor Cloaca
- 49 gominolas
- 1/2 rollo de papel higiénico
- 2 baquetas para tocar el tambor
- 2 huesos de pata de pollo
- 12,3 libras de deberes de mates
- 1 pelota (desinflada)
- 1 dentadura postiza del señor Galvin
- 16 bolsas vacías de ganchitos de queso
- 1 sombrero mexicano
- La cabeza de un gnomo de jardín
- 6 1/3 tazas de porquería

BZZZ

¡Eh!

¡Esos son míos!

¡Mmf!

¡Au!

Por no hablar de cómo OLÍA. Francis tenía razón: yo ERA un cerdo.

—¡Soy una ESPÍA! —dice Dee Dee, como si fuera obvio—. ¡Y HABLAMOS así!

—¿Dónde ? ¿En un REFUGIO PARA PÁJAROS? —le digo.

—¡No, tonto! —se ríe.

—Una sugerencia, 007 —le susurro—. No vayas anunciando a los cuatro vientos a quién quieres espiar.

—Vale —dice Dee Dee, un poco avergonzada.

Mira: hasta que no lo vea no lo creeré. Dee Dee es tan discreta como una cerilla en una fábrica de fuegos artificiales.

—¡Oh, y no te olvides! —me grita, volviendo la cabeza.

Se me encoge el corazón. Sí... El Gran Concurso.

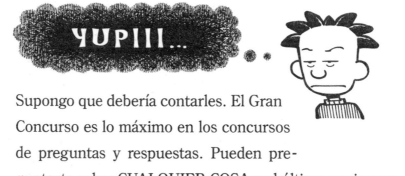

Supongo que debería contarles. El Gran Concurso es lo máximo en los concursos de preguntas y respuestas. Pueden preguntarte sobre CUALQUIER COSA y el último equipo en ser eliminado gana. Se celebra cada año y es genial.

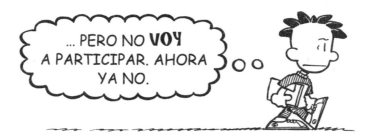

Se supone que estoy en el equipo de Francis, los Sabios, junto con Teddy, Dee Dee y Chad. No hay pregunta que se nos resista. En cuanto reunimos al grupo, supimos que teníamos lo que hay que tener para derrotar a los actuales campeones...

Pero ahora todo ha cambiado. ¿Cómo puedo estar en el equipo...?

Cuando empieza la clase de sociales, aún sigo pensando en el Gran Concurso... hasta que la señorita Godfrey nos llama a todos la atención.

Traducción: empieza a prepararte para que la señorita Godfrey te dé un buen regaño si tu libreta no está bien pulcra. O está desorganizada. O tiene demasiadas correcciones. En un día cualquiera, una revisión de libreta (al menos para mí) es un billete de ida al aula de castigo.

Pero hoy no es un día cualquiera.

A la señorita Godfrey casi se le salen los ojos de las cuencas mientras hojea mi libreta y contempla la perfección página tras página.

Cinco minutos con el tío Pedro, eso es lo que me ha pasado. Pero me limito a encogerme de hombros.

—He decidido que quería ser más limpio y ordenado, eso es todo —le respondo. Basta con esto.

¿Un excelente doble? ¡¡¡Qué bien!!!

¿Verdad que es encantadora? Y tan AMABLE...

—No hay ningún misterio, Gina: he mejorado mi actitud.

Está a punto del infarto.

—¿Te PARECE que estoy mintiendo? —le pregunto—. Acostúmbrate a mi nuevo yo, Gina. La pulcritud es ahora mi estilo de vida.

¡JA! Un punto para mí, cero para Gina. Y ¿saben qué es lo mejor? ¡Que en las otras clases ha ocurrido EXACTAMENTE LO MISMO!

En inglés, la señorita Clarke me ha dado un punto extra por mi caligrafía «impecable». En mates, el señor Staples le ha dicho a todo el mundo que mis deberes eran «la Mona Lisa de los gráficos».

Incluso el viejo cara de fósil se ha quedado impresionado.

No está mal, ¿verdad? Después de clase, camino de mi taquilla, me doy cuenta de algo: hoy no me ha gritado nadie. Ni siquiera UNA VEZ. ¿Quién iba a decirme que era tan fácil complacer a los profes?

Parece que Dee Dee sigue siendo un agente secreto no muy secreto...

—¿Qué pasa? —le pregunto al doblar la esquina.

—¡El pájaro está en la jaula! —me susurra.

¡OTRA vez no!

—¿Y si me lo dices en nuestro idioma? —le pido—. No hablo la lengua espía.

—La verdad es que SÍ parece un poco sospechoso —admito, sorprendido de que Dee Dee haya podido conseguir información útil.

—Mañana continuaré con mi investigación —me dice.

Genial. No creo que el disfraz «esposa de Drácula» pueda funcionar dos días seguidos.

Se me hace un nudo en el estómago.

—¿Sabes una cosa? Creo que no voy a participar en el Gran Concurso, Dee Dee. Lo harán muy bien sin mí.

ADEMÁS, FRANCIS
NO ME QUIERE
ALLÍ.

—¡POR SUPUESTO que sí!
— exclama Dee Dee tal vez demasiado deprisa.

—¿Ah, sí? —musito—. ¿Se
lo has preguntado?

Dee Dee me responde, algo nerviosa:
—He... he hablado de ello con él un par de veces, sí.

—¿Qué te ha dicho? Y quiero sus PALABRAS EXACTAS.

—Bueno... —masculla Dee Dee, hecha un manojo de ner-
vios—. Ha dicho que... que no le importa si vienes o no.

JUSTO LO QUE
PENSABA: ¿LO VES?

¡NATE,
ESPERA!

—¡Francis no ha dicho que NO VINIERAS! Solo que… que…

Me trago el nudo que tengo en la garganta y me voy a casa.

Lo HARÁN perfectamente sin mí. Me refiero a los Sabios. Mientras tengan a Francis, podrán con cualquiera. Siempre ha sido un fanático de la cultura general.

Aquí empieza mi barrio. Si voy por la izquierda y sigo por la acera, estaré en casa dentro de diez minutos. Por la derecha, en cambio, hay un atajo que cruza el bosque y desemboca directamente en mi calle. A veces está un poco embarrado, pero es más rápido.

Voy por la izquierda.

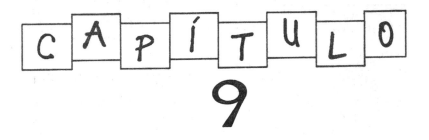

CAPÍTULO 9

Estoy empezando a hartarme de ser tan pulido.

Todo me lleva un MONTÓN de tiempo. Como por ejemplo ahora. Me estoy arreglando para ponerme delante de la cámara el Día del Segundo Intento…

Ridículo, ¿no? NADIE tarda tanto en peinarse.

Pero es que no puedo evitarlo. No sé qué hizo el tío Pedro cuando me hipnotizó, pero funciona incluso DEMASIADO bien.

Claro que también tiene su lado positivo esto de ser tan limpio y ordenado. Como mis NOTAS. De repente, estoy sacando excelentes en TODO.

Además, no me paso la tarde en el aula de castigo. Llevo una SEMANA entera sin ver a la señorita Czerwicki.

Pero el caso es que no quise que me hipnotizaran para ganarme todos los honores, sino para arreglar las cosas con Francis. Y esta parte no está funcionando tan bien.

Y aún hay más. Convertirme en el señor Impoluto está acabando con todos mis hobbies. Ya no puedo jugar fútbol con mis amigos porque (no se rían) me preocupa que el césped me manche los pantalones.

Ah, y ¿quieren leer la última edición de «Luke Warm, Detective Privado»? Bueno, pues NO PUEDEN. La he rasgado en un millón de pedacitos...

¿Eh? ¿Qué QUIERE? Estoy acostumbrado a que el director Nichols me busque, pero no con una sonrisa en los labios. Da un poco de miedo...

Ahora me da MUCHO miedo. ¿Se acuerdan de quién es

TAMBIÉN vigilante de pasillo? Nick Blonsky. ¿Hace falta añadir algo más?

 UM... BUENO, NO CREO QUE ENCAJE CON EL PERFIL DE VIGILANTE DE PASILLO.

 JE JE

—¡Oh, NO ESTOY DE ACUER-DO, Nate! —continúa—. Gracias a tu reciente cambio de actitud...

¡... ENCAJAS A LA **PERFECCIÓN** EN ESE PERFIL!

UNÉTE AL CLUB DE MATEMÁTICAS JUEVES 3:30 AULA 203

¡VE A VER A LA SRTA. SHIPULSKI! ¡ELLA TE ENTREGARÁ LA PLACA!

¿Una PLACA? Y ¿por qué no me estampan mejor la palabra «FRACASADO» en la frente? Sería más o menos lo mismo.

¡OH, **NO!** ¡NATE!

¿QUIÉN HA **MUERTO?**

—¿Qué quieres decir? —le pregunto.

Teddy se ríe y me tira de la corbata.

¿Que la va a ARRUGAR? Pero ¿me HAN OÍDO? Hablo como un cretino.

—¡No la TOQUES! —le advierte Dee Dee—. ¡Podrías estropear el TRAJE elegantísimo de Nate!

—Yo no he dicho eso —le aclaro.

—Pero podrías haberlo dicho —me gruñe Teddy.

—¡Ya, BASTA! —interviene Dee Dee.

—¡Es lo mismo que vi ayer! —susurra Dee Dee con entusiasmo—. ¡Randy les está enseñando la CÁMARA que se llevó de tu taquilla, Nate!

—Pero ¿cómo lo sabes? —pregunta Teddy, con el ceño fruncido.

—En realidad no lo sé —responde ella sacudiendo la cabeza.

—¿De qué habla? —murmura Teddy.

—¿Quién sabe? —digo, encogiéndome de hombros—. Trato de meterme lo menos posible en la cabeza de Dee Dee.

—Bien dicho —se ríe Teddy—. Es un poco rarita…

Contemplamos a Dee Dee mientras se acerca distraídamente a Randy y a su pandilla. Y entonces…

Se derrumba en el suelo como un saco de papas. A Randy se le cae algo…, pero no es una cámara.

Y cuando se agacha para recogerlo, oigo que les susurra, enojado, a sus colegas:

—¿Que recojan QUÉ? ¿Qué SON? —pregunta Teddy.

—Ni idea —respondo mientras Dee Dee se pone en pie, tambaleante.

—Pues ve a desmayarte a OTRO sitio —le ruge Randy.

Dee Dee se aleja haciendo eses, como un globo pinchado, y se reúne con Teddy y conmigo al doblar la esquina.

—Pero ¿qué te HA PASADO? —le preguntamos a coro.

Es una tarjeta de la colección «¡Qué asco!». Están prohibidas en la escuela. Si te pillan con una encima, ¡estás en problemas!

—Bueno, esto explica que Randy actuara como si ocultara algo —observa Teddy.

¡LO HACÍA!

—Sí... Pero no era la cámara —murmuro, asintiendo con pesar.

—Estoy empezando a pensar que Randy es demasiado TONTO como para haberla robado él —dice Dee Dee, con el ceño fruncido—. Quizá lo haya hecho OTRA persona.

—Sí, pero ¿QUIÉN? —pregunta Teddy, dejando escapar un suspiro.

Suena el timbre. Hora de ir a clase.

—Ya hablaremos de eso más tarde, en el recreo —sugiere Dee Dee.

Yo niego con la cabeza y digo:

—Tendremos que esperar hasta la hora de comer.

Algo que resulta ser tan emocionante como la colección de minerales del señor Galvin. Lo único que haces es pasearte arriba y abajo por los pasillos. Me siento como esos ancianos que no paran de dar vueltas por el centro comercial.

Es Nick. Pero, por un momento, casi no lo reconozco. Camina muy deprisa y va encorvado hacia delante. Lo vuelvo a mirar y... ¡EH!

¿O tal vez no? Está demasiado lejos como para apreciarlo con claridad. Pero lleva ALGO debajo del brazo, y la verdad es que PARECE una cámara.

Salgo disparado tras él.

Se supone que no hay que correr por los pasillos... Y AÚN MENOS si eres el vigilante. Pero se trata de una emergencia.

Aprieto aún más el paso y doblo la esquina. Y entonces...

¿Qué idiota ha dejado aquí este ESCRITORIO? Me pongo en pie, listo para reanudar mi persecución. Nick ya me lleva mucha ventaja: no tengo un segundo que perder.

Miro alrededor.

Si fuera el de antes no me hubiera importado que hubiera unas cuantas hojas desperdigadas por el suelo. Habría corrido detrás de Nick como un sabueso enloquecido. Y eso es lo que debería hacer si quiero recuperar esa dichosa cámara.

Pero no puedo.

Me pongo a recoger las hojas del suelo y las voy apilando en el escritorio. No porque quiera hacerlo, sino porque TENGO que hacerlo: estar hipnotizado no me deja otra opción.

Suena el timbre para ir a comer y los pasillos se llenan de gente. Mi oportunidad de atrapar a Nick con las manos en la masa se ha evaporado.

Estupendo.

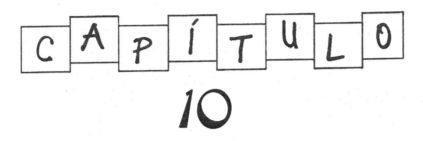

CAPÍTULO

10

—Solo tenía una oportunidad de resolver el misterio de la cámara, y la ECHÉ A PERDER…

... PORQUE HE TENIDO QUE **DEJAR** LO QUE ESTABA HACIENDO ¡PARA PONERME **A ORDENAR**!

Les cuento a Teddy y a Dee Dee que vi a Nick con la cámara y cómo se me escapó.

¡AJÁ! ¡SIEMPRE HE **SOSPECHADO** DE NICK!

SE BUSCA

LADRÓN DE CÁMARA

—Qué curioso que no lo hayas mencionado nunca, Sherlock —le dice Teddy incrédulo.

—No puedo soportarlo más —suspiro, abatido.

¡YA ESTOY **HARTO** DE SER ORDENADO.

¡QUIERO QUE EL TÍO PEDRO ME **DESHIPNOTICE!**

—Lo siento —me dice Teddy sacudiendo la cabeza—.
El tío Pedro ha ido a México a visitar a unos familiares. No
volverá hasta dentro de una semana.

—He oído que, si algo te impresiona mucho, puede llegar
a sacarte del trance hipnótico.

—¿Algo como qué?

Dee Dee deja escapar un suspiro.

—No lo sé.

Vaya, ¡MENOS MAL! Con ganchitos todo mejora. Y además ME MUERO DE HAMBRE. Esta mañana no he desayunado, porque estaba obsesionado con mi pelo, ¿recuerdan? Meto la mano en la bolsa.

—¿Qué pasa? —pregunta Teddy.

—Se me han ensuciado las manos con este polvo naranja.

Me mira con esa cara que significa: «Cuéntame algo que no sepa».

—Y tan GRASIENTOS —añado, apartando la bolsa de mí.

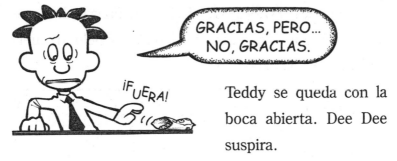

GRACIAS, PERO... NO, GRACIAS.

¡FUERA!

Teddy se queda con la boca abierta. Dee Dee suspira.

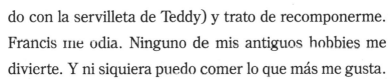

¡NATE! ¡A TI TE ENCANTAN LOS GANCHITOS! ¡LES HAS DEDICADO POEMAS ENTEROS!

Ya lo sé. Y ahora me parecen AS-QUEROSOS. Apoyo la cabeza en la mesa (no sin antes haberla limpia-do con la servilleta de Teddy) y trato de recomponerme. Francis me odia. Ninguno de mis antiguos hobbies me divierte. Y ni siquiera puedo comer lo que más me gusta.

¿ACASO PODRÍA SER PEOR?

¡EH! ¡TRASERO!

JA JA JA JA JA JA

Miro hacia el otro lado de la cafetería y me entran ganas de vomitar. Todo esto es por mi culpa. No supe guardar el secreto del segundo nombre de Francis. Es como si le hubiera pintado una diana en la espalda.

Empieza a subírseme la sangre a la cabeza. El ruido de la cafetería se va desvaneciendo hasta que, al cabo, ya solo oigo la voz de Randy y esa risita odiosa que suelta cuando se dispone a patearle el trasero a Francis de nuevo. Me levanto.

Y me abalanzo hacia él.

De acuerdo, les confesaré algo: nunca hasta ahora había participado en una pelea de verdad. Así que tal vez arrojarme encima de Randy como un lobo rabioso no haya sido una de mis mejores ideas. Pero al principio la cosa va bastante bien. De hecho, diría que voy GANANDO, pero entonces…

—¡Me ha ATACADO! —lloriquea Randy, de repente adoptando la pose de víctima.

La señorita Czerwicki asiente, con disgusto.
—Ya lo he visto.

—No TODO —interviene una voz familiar.

La señorita Czerwiki parece sorprendida.
—Esto no es cosa tuya, um... esto...

—Francis — dice amablemente.

—Sí, bueno, gracias por tu intervención, Francis...

Genial. Nada mejor que una bonita charla con el Grandullón. No voy a aburrirlos con los detalles: básicamente se dedica a gritarme. Sin parar. Durante una media hora.

—Hola —dice Francis.

—Oh. Esto... hola —respondo yo, tratando de emplear un tono despreocupado.

—¿Qué te ha dicho? —me pregunta, inclinando la cabeza hacia el despacho del director.

—Exactamente lo que CREÍA que diría —gruño.

¡QUE NO DEBERÍA HABERME **METIDO** CON EL POBRE E INOCENTE DE **RANDY**!

Francis sacude la cabeza.

—Eso es ridículo.

Me encojo de hombros.

—Supongo que me HE ARROJADO sobre él de mala manera. Pero se lo merecía.

ESTO... POR CIERTO... TE HAN HIPNOTIZADO, ¿VERDAD?

—Ajá... Creo que ha sido la mayor estupidez de mi vida.

—¿Por qué? Bueno, está claro que HA FUNCIONADO.

—Sí, ahora soy más ordenado que TÚ —le digo.

FÍJATE EN MI TAQUILLA.

¡UAU!

—¡Es increíble! —exclama Francis—. Si lo comparas con ANTES, es...

Pero yo he dejado de escucharlo. Tengo la mirada clavada en el estante de arriba, en un estuche de cuero que hay junto a los libros de texto.

¡NO ME LO PUEDO CREER!

¡¡LA **CÁMARA!!**

Examino el estuche. No cabe duda de que es la misma cámara, incluso tiene la etiqueta que reza «Propiedad de la escuela».

Francis se ha quedado atónito.

—Pero ¿qué...? ¿Cómo...? Nate, ¿qué pasa?

—Te diré lo que pasa: NICK se cree muy GRACIOSO.

—¿Nick BLONSKY? —pregunta Francis, sorprendido.

—¿Se puede saber qué hacen fuera de clase? —nos dice con una risita, exhibiendo su placa de vigilante de pasillo.

—Oh, nada —respondo con rabia.

Él se encoge de hombros, fingiendo estar confundido.

—Si la ROBÉ, ¿cómo es posible que la tengas AHORA en la mano?

—Porque la volviste a poner en su sitio. Durante la tercera clase. Te he visto con ella.

Otra risita.

—Puede que me hayas visto o puede que no — dice con voz cantarina.

—Porque era para MORIRSE DE LA RISA —responde Nick—. Fue FANTÁSTICO ver cómo ustedes se PELEA-BAN después de descubrir que la cámara había desaparecido.

Imbécil. Estoy a punto de tener la SEGUNDA pelea del día.

—Eres genial —gruño entre dientes.

—Podríamos contárselo todo al director —añade Francis.

—Hola, soy Dee Dee Holloway, superespía; ¡a su servicio! —dice, con una reverencia.

De repente, veo una sombra de duda en el rostro de Nick.

—¿Superespía?

Dee Dee sonríe con astucia.

—Estaban manteniendo una conversación tan interesante que...

Nick está pálido. Retrocede unos pasos, poco a poco, pero luego echa a correr como un loco.

Ahora mismo le daría un abrazo a Dee Dee. No lo voy a hacer, claro. Pero ME GUSTARÍA.

—Dee Dee —le digo, agradecido—, ha sido... ¡GENIAL!

—¡Sí! ¡El pájaro está en la jaula! —añade, radiante.

Y entonces nos coge a Francis y a mí.

—Pero ¡lo REALMENTE genial es ESTO!

Hombre, si no he abrazado a Dee Dee, está claro que no voy a BESAR a Francis. Alargo la mano y él hace lo mismo, justo en ese momento.

—No debería haberte acusado de perder la cámara —se disculpa—. No estuvo bien.

—Y yo no debería haber gritado tu segundo nombre delante de toda la escuela —admito—. Eso estuvo aún peor.

—¡Es FANTÁSTICO! —grita Dee Dee.

Y, de repente, ahoga un grito y me suelta.

—¡Nate! ¡Tienes la camisa manchada de COMIDA!

No me extraña. Hace solo una hora, me estaba revolcando por el suelo de la cafetería con Randy.

—¿Y? —pregunto.

De pronto, me doy cuenta de lo que quiere decir.

Dee Dee no para de dar saltos, como si se le hubiera prendido el pelo.

—¿Te acuerdas de lo que te he dicho? ¿Que si algo te impresionaba mucho podías salir del trance?

Abro mi taquilla (tan ordenada que da asco) y saco lápiz y papel.

—Si soy capaz de dibujar algo sin que me preocupe que sea IMPERFECTO, entonces seguro que ya no estoy hipnotizado.

Voy tan deprisa como puedo. Sin regla. Sin borrar nada. Y, cuando termino, estoy convencido de que he vuelto a ser yo. Porque el dibujo no es perfecto.

Pero puede que sea el más genial que he hecho nunca.

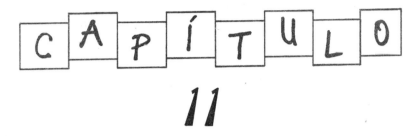
Nick no va a la escuela al día siguiente, pero no nos enteramos hasta que Francis, Teddy y yo llegamos a la reunión del anuario después de clase.

—Un momento —digo—. ¿A Nick lo han mandado a casa? ¿Durante una SEMANA entera?

Eso es MUCHO mejor que lo que me ha tocado a mí. El director Nichols me envió tres días al aula de castigo por haberme peleado con Randy. Y luego llamó a mi padre. ¿A que no saben de qué hablaron?

Boah. Gina y su maldito mazo. ¿No podríamos empezar la reunión con algo menos escandaloso? ¿Como por ejemplo una sirena?

—Me he dedicado a preparar algunos diseños de página —anuncia Gina mientras nos acercamos a la mesa—. Las fotos de grupo están muy bien…

—¿Qué estás TRAMANDO, Gina? —le suelta Teddy, muy enfadado—. ¡Solo has puesto fotos TUYAS y de tus AMIGUITAS!

—Además, ¡se suponía que las instantáneas las tenía que hacer NATE! —recuerda Francis.

—Me temo que no puedo permitirlo, Gina —dice una voz justo detrás de nosotros.

¡SÍ! ¡Hickson ha acudido al rescate! Gina se pone roja como un tomate y luego contorsiona el rostro para esbozar una sonrisa falsa.

—De acuerdo —dice, volviéndose hacia Francis—.
¿Qué quieres que hagamos?

La señorita Hickson asiente con la cabeza y dice:
—Me parece una solución justa. Pero, Nate, TEN pre-
sente que hay un día límite, así que…

—No se preocupe —me apresuro a responder—. Seguro
que MAÑANA podré sacar instantáneas fantásticas en…

A la mañana siguiente, de camino a la escuela, me doy cuenta de dos cosas: 1) es genial que Francis y yo volvamos a ser amigos, y 2) me está volviendo loco.

—Nate tiene razón —coincide Teddy—. Vas a freírte el cerebro antes de que el concurso haya EMPEZADO.

Francis suelta un profundo suspiro:

—Lo sé, lo sé...

TAL VEZ. Pero yo aún creo que podremos con ellos.

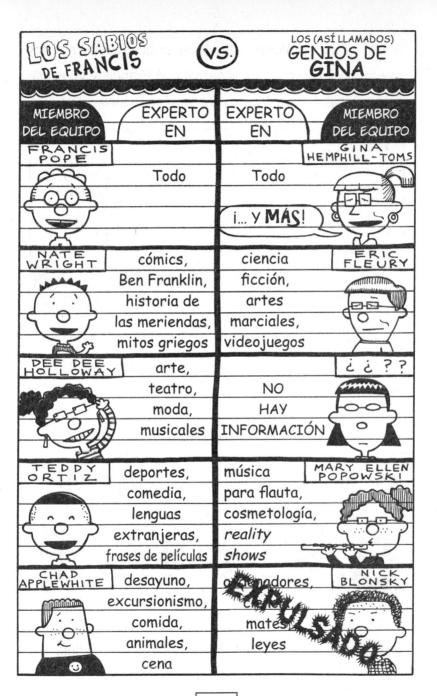

LOS SABIOS DE FRANCIS (VS.) LOS (ASÍ LLAMADOS) GENIOS DE GINA

MIEMBRO DEL EQUIPO	EXPERTO EN	EXPERTO EN	MIEMBRO DEL EQUIPO
FRANCIS POPE	Todo	Todo ¡... y MÁS!	GINA HEMPHILL-TOMS
NATE WRIGHT	cómics, Ben Franklin, historia de las meriendas, mitos griegos	ciencia ficción, artes marciales, videojuegos	ERIC FLEURY
DEE DEE HOLLOWAY	arte, teatro, moda, musicales	NO HAY INFORMACIÓN	¿¿??
TEDDY ORTIZ	deportes, comedia, lenguas extranjeras, frases de películas	música para flauta, cosmetología, reality shows	MARY ELLEN POPOWSKI
CHAD APPLEWHITE	desayuno, excursionismo, comida, animales, cena	ordenadores, ci..., mates, leyes EXPULSADO	NICK BLONSKY

La cafetería ya está a reventar cuando llegamos allí.

—Me pregunto a quién habrá elegido Gina para sustituir a Nick —dice Teddy cuando cruzamos la puerta.

No tenemos que esperar mucho para descubrirlo.

¡Un momento! ¿Ha dicho «si no es indiscreción»? TÍPICO de Francis. Es educado incluso cuando se enfada.

Teddy se queda con la boca abierta.

—¿Lo dice en SERIO? ¿Por qué Gina habrá puesto a un idiota como RANDY en su equipo?

—Randy no es Einstein, pero sabe MUCHO sobre deportes y películas —explica Francis—. El equipo de Gina nunca había tenido a nadie así.

Vaya… PUEDE SER… Pero ahora no tenemos tiempo para eso. La señorita Clarke está pidiendo silencio y se dispone a exponer las normas.

—Todos saben cómo funciona —dice—. En las rondas preliminares, podrán consultar a otros miembros del equipo antes de dar una respuesta. Pero en la ÚLTIMA ronda…

¿Cállate? ¿ES ESA la respuesta que se me ocurre? No está a la altura de mis réplicas habituales. Debo de estar nervioso.

—¡Ya han oído! ¡A utilizar la cabeza! —dice Dee Dee mientras abre su bolsa.

¡Mira que dejar que Dee Dee se ocupe hoy de la vestimenta! Bueno, da igual. Si llevar sombreros ridículos va a ayudarnos a vencer a los Genios de Gina, ¡estoy a favor!

—La primera pregunta es para el equipo de Amanda, los Ponis —anuncia la señorita Clarke.

¿Fácil, verdad? Así funciona el concurso. Las primeras rondas son PAN COMIDO, pero a medida que se va avanzando, las preguntas se vuelven cada vez más difíciles.

¡Y las instantáneas, cada vez mejores!

Los equipos empiezan a caer como moscas. Los Totopos de Tricia no saben cuál es la capital de Luxemburgo. (Pregunta con trampa: es... Luxemburgo.) Los Antílopes de Artur no pueden nombrar la única verdura que también es una flor. (¡La coliflor! ¡Puaj!)

Tal como todos predecíamos, solo quedan dos equipos.

—¡Muy bien, chicos! ¡Ahora es cuando recogemos los frutos de tanto estudio! —susurra Dee Dee—. Traten de relajarse.

¿RELAJARME? ¿Cómo voy a relajarme si estamos a punto de enfrentarnos a Gina y a Randy? ¿Les parecen odiosos? ¡Pues ya verán si nos ganan! ¡No se cansarán nunca de restregárnoslo por la cara!

¡EL JUEGO CONTINÚA!

¡POTASIO!	TAXIDERMIA.	HILO DENTAL.	¡HAWÁI!
JOE.	¡DARTH VADER!	¡50 DÓLARES!	¿UN UKELELE?
¡LA PATA DAISY!	¿P-PÚRPURA?	UN ROMBO.	POLO ACUÁTICO.
EL NILO.	¿CERO?	BORSCH.	UMM... ¿IGOR?

—¡Buen trabajo, Chad! —le susurro cuando se baja del escenario. Parece un poco mareado.

208

A todos está empezando a afectarnos la presión. Y ¿saben qué dicen? Que al aplicar presión todo acaba cediendo. ¡Pues a ver quién se doblega primero!

—Randy —dice la señorita Clarke—. Te toca a ti.

Qué suerte. Una pregunta de deportes. Es lo suyo. Randy sonríe, seguro de sí mismo.

Se queda blanco como el papel.

—U... Un momento. ¿AJEDREZ? ¡Eso no es ningún DE-PORTE!

—Está reconocido como tal por el Comité Olímpico Internacional —aclara la señorita Clarke—. Contesta la pregunta, por favor.

 Pero Randy no juega al ajedrez. Él es más de «tres en raya».

Recuerden que en la última ronda no se puede preguntar a los demás miembros del equipo. Randy tiene que espabilarse solo. Y me parece que...

La señorita Clarke niega con la cabeza.

—Lo siento. La respuesta es dieciséis. Ocho para cada jugador.

Cuando veo que Gina está a punto de saltarle a Randy al cuello, le hago fotos tan deprisa como puedo. Mientras, Dee Dee casi se pone a bailar la danza de la victoria que ha estado ensayando toda la semana. Pero la cosa aún no ha terminado.

—Si los Sabios responden mal la siguiente pregunta, el juego continúa —advierte la señorita Clarke—. Si la responden bien, serán los campeones.

Miro a Francis, que me dedica una sonrisa de oreja a oreja. ¿Por qué? Porque sabe lo mismo que yo: estamos a punto de ganar el Gran Concurso.

—Correcto —dice la señorita Clarke con una sonrisa—. Felicid…

Ya no puedo oír el resto. Dee Dee me envuelve en un abrazo efusivo y, al cabo de un segundo, estoy en el suelo debajo de un montón de Sabios. Teddy está cantando en español y los sombreros vuelan por los aires… ¡Es un caos total!

—¡Creía que estábamos PERDIDOS CUANDO he oído esa pregunta! —exclama Chad cuando nos desenredamos los unos de los otros.

Antes de que yo pueda responder, Francis me pasa el brazo por encima del hombro y dice:

—Es que es un as de la cultura general, ¡eso es todo!

Pero NO es solo eso. Y Francis lo sabe mejor que nadie.

¿Saben una cosa? Esta era mi parte del pacto de amistad que hicimos con Francis en tercero. Él me contó su secreto (Trasseri) y yo le conté el mío: que soy un cobarde que tiene miedo de los gatos. Sé que parece una tontería, pero ¡los gatos me aterran! Siempre ha sido así.

—Plantéatelo así —dice Francis.

—¡Ah! Eso me recuerda que…

Mientras los demás les echan un vistazo a las fotos, Francis y yo salimos al pasillo.

—Eh, se me ha ocurrido algo —me dice—. Quizás el tío Pedro te ayude a superar tu fobia a los gatos.

—No, gracias. Que me hipnotizara tampoco funcionó tan bien.

Francis se ríe.

—Sí, me alegro de que se te pasara. Me gustas mucho más cuando eres un cerdo.

¿Han oído eso? ¡ESO SÍ es una amistad de verdad! Siempre seremos polos opuestos, pero que Francis sea el señor Pulcro no significa que espere que yo también tenga que serlo. Está contento conmigo tal como soy.

Lincoln Peirce

Es dibujante, guionista y creador de la serie éxito de ventas *Nate el Grande*, publicada en veinticinco países. También es el creador de la tira cómica *Nate el Grande*, que aparece en más de doscientos cincuenta periódicos de Estados Unidos y, diariamente, en *www.bignate.com*.

El ídolo de la infancia de Lincoln era Charles Schulz, creador de *Snoopy*, pero su mayor fuente de inspiración ha sido siempre su propia experiencia en la escuela. Como Nate, a Lincoln le encantan los cómics, el hockey sobre hielo y los ganchitos de queso (y no soporta ni los gatos, ni el patinaje artístico, ni tampoco la ensalada de huevo).

Los libros de *Nate el Grande* han sido reseñados en *Good Morning America* y en el *Boston Globe*, *Los Angeles Times*, *USA Today* y el *Washington Post*. También ha escrito para Cartoon Network y Nickelodeon.

Lincoln vive con su esposa y sus dos hijos en Portland, Maine.

Echa un vistazo a *www.bignatebooks.com*, donde encontrarás juegos, blogs y más información sobre la serie de Nate el Grande y su creador.

DOCTOR CLOACA